Mayte and the Bogeyman
Mayte y el Cuco

By / Por Ada Acosta González
Illustrations by / Ilustraciones de Christina Rodriguez

PIÑATA
BOOKS

Piñata Books
Arte Público Press
Houston, Texas

Publication of *Mayte and the Bogeyman* is funded in part by grants from the City of Houston through the Cultural Arts Council of Houston / Harris County and the Clayton Fund. We are grateful for their support.

La publicación de *Mayte y el Cuco* ha sido subvencionada en parte por la ciudad de Houston por medio del Concilio de Artes Culturales de Houston / Condado de Harris y por el Fondo Clayton. Agradecemos su apoyo.

Piñata Books are full of surprises!
¡Los libros Piñata están llenos de sorpresas!

Piñata Books
An Imprint of Arte Público Press
University of Houston
452 Cullen Performance Hall
Houston, Texas 77204-2004

Cover design by / Diseño de la portada por Johnny Guzman
Photo of Christina Rodriguez courtesy of LOWER © Photography & Studio.

González, Ada Acosta.
　Mayte and the Bogeyman / by Ada Acosta González; illustrations by Christina Rodriguez = *Mayte y el Cuco* / por Ada Acosta González; illustraciones by Christina Rodriguez.
　　p.　cm.
　ISBN-10: 1-55885-442-8 (alk. paper)
　ISBN-13: 978-1-55885-442-0 (alk. paper)
　1. Title: Mayte y el cuco. II. Rodriguez, Christina. III. Title.
PZ73.G588　2006
2005047560
CIP

∞ The paper used in this publication meets the requirements of the American National Standard for Permanence of Paper for Printed Library Materials Z39.48-1984.

6 7 8 9 0 1 2 3 4 5　　　0 9 8 7 6 5 4 3 2 1

To my four loves and to Marjorie, who planted the seed.
—AAG

For Travis, my one and only.
—CR

A mis cuatro amores y a Marjorie, quien sembró la semilla.
—AAG

Para Travis, quien es todo para mí.
—CR

When Mayte was a little girl, she would hear the vendors as they made their way down her street. Don Luis would call out as he led his big horse-drawn cart filled with fresh produce, "Plantains, avocados, mangos . . ."

Every time Mayte's mother bought anything from him, Don Luis would give Mayte a ripe baby banana or a tangy tamarind pod. He would say, "Here, little one, have a *ñapita*, an extra little something to make you happy."

Cuando Mayte era chiquita, siempre escuchaba a los vendedores ambulantes que pasaban por la calle. Don Luis gritaba llevando una gran carreta cargada de verduras: —Plátanos, aguacates, mangos . . .

Cada vez que la mamá de Mayte le compraba algo a don Luis, él le regalaba un guineíto o una vaina de tamarindo a Mayte. Don Luis le decía —Toma, mi'ja, la ñapita, un poquito más de lo que compraste para que estés contenta.

The egg man Don Máximo always rode his bicycle, balancing a mountain of egg cartons on the bike rack. He would announce that he was in the neighborhood by calling out, "Eggs, eggs."

Every time Mayte's mother went outside to buy eggs, Don Máximo would wobble on his bike. Mayte always laughed, half expecting him to fall.

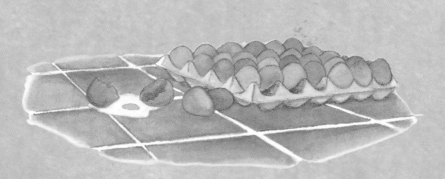

Don Máximo, el vendedor de huevos, siempre venía en su bicicleta, balanceando una montaña de huevos en cajas de cartón. Anunciaba que estaba en el barrio pregonando: —Hueeeee-vos, hueeeee-vos.

Cada vez que la mamá de Mayte salía a comprar huevos, don Máximo se tambaleaba en su bicicleta. A Mayte siempre le daba risa, esperaba que se cayera en cualquier momento.

Don Ricardo, the blade sharpener, was a nice man, too. He sharpened knives on the stone wheel that would turn round and round when he pumped a pedal on his cart. Don Ricardo did not call out. He had a red tube with another smaller tube inside. Mayte had played it once. "Ooooeeee!" it rang. She loved the way the whistling sound danced up and down the scale every time it was pulled or pushed.

Don Ricardo, el afilador, también era buena gente. Le sacaba filo a los cuchillos con una rueda de piedra que daba vueltas y vueltas cuando él pisaba un pedal en su carrito. Don Ricardo no gritaba. Tenía un tubo rojo con otro tubito adentro. Mayte lo tocó una vez: —Uuuuuí, iiiiiiú —sonó. Le encantaba cómo el sonido subía y bajaba en la escala musical cada vez que lo jalaba o empujaba.

As soon as Mayte would hear "Extra! Extra!" she would take a coin from the kitchen counter and run outside. Cholo, the newspaper boy, was her favorite. He would stop, reach into the canvas bag slung across his chest and hand Mayte that day's edition of the newspaper. Cholo would smile and wink at her before he sped down the street.

En cuanto Mayte oía —¡Extra! ¡Extra! —tomaba una moneda de la cocina y salía corriendo de la casa. Cholo, el vendedor de periódicos, era su favorito. Él se detenía, sacaba la edición del día de su bolsa de lona y se la entregaba a Mayte. Cholo le sonreía y le guiñaba un ojo antes de seguir su camino.

Don Aparicio, the ice cream man, was a whole different story. Sometimes Mayte and her mother went out to buy ice cream from him when they heard the jingling bells on his cart. Don Aparicio was always in a very sour mood. He would only talk about naughty little children who needed to be taught a lesson.

Mayte was certain that he was the Bogeyman. Mayte's mother had said that the Bogeyman would kidnap and eat those children who had misbehaved. If he was not hungry, he would sell the children in the farmers' market.

Don Aparicio, el vendedor de helados, era otra cosa. A veces Mayte y su mamá salían a comprar un helado cuando oían las campanitas de su carrito. Don Aparicio siempre andaba de mal humor. Sólo hablaba de niños malcriados que debían aprender una lección.

Mayte estaba segura de que él era el Cuco. Su mamá decía que el Cuco se llevaba a los niños malcriados y se los comía. Si no tenía hambre, los vendía en el mercado.

One day Pepito came over to Mayte's house to invite her to the movies. Mayte and Pepito were best friends and they were always together. The movie theater was only a few blocks away. They had been to it so often that their mothers allowed them to go alone.

On the way they found a Maltese Cross that was loaded with tiny red fruit that birds would eat. Children were not supposed to eat them. But the berries were so pretty that Mayte and Pepito started to put them in their pockets. They had each picked quite a bunch, when they spied someone walking on the opposite sidewalk.

Un día Pepito vino a buscar a Mayte para que fuera con él al cine. Mayte y Pepito eran buenos amigos y siempre andaban juntos. El cine no estaba lejos. Ya habían estado allí muchas veces, por eso sus mamás los dejaron ir solos.

En el camino se encontraron una cruz de Malta repleta de frutitas rojas que comían los pajaritos. Los niños no debían comerlas. Pero las frutas eran tan bonitas que Mayte y Pepito empezaron a llenarse los bolsillos con ellas. Ya tenían bastantes, cuando sintieron que alguien caminaba en la otra acera.

"Look, Don Aparicio! What do you think he's carrying in that bag?" Pepito asked.

"It's moving a lot. It must be a child."

"What? A child?" Pepito asked amazed.

"Yes, Don Aparicio is the Bogeyman. Didn't you know that?" Mayte said.

Mayte and Pepito followed Don Aparicio with their eyes. The bag kept moving about, but Don Aparicio held it tightly.

—¡Mira, Don Aparicio! ¿Qué llevará en esa bolsa? —preguntó Pepito.

—Se está moviendo mucho. Debe ser un niño.

—¿Qué? ¿Un niño? —Pepito preguntó asombrado.

—Sí, don Aparicio es el Cuco. ¿No lo sabías? —dijo Mayte.

Mayte y Pepito siguieron a don Aparicio con la vista. La bolsa se movía y se movía, pero don Aparicio la agarraba con fuerza.

Mayte and Pepito started to follow carefully from a distance. They walked past the movie theatre and saw Don Aparicio go into the farmer's market.

"He's going to sell the kid!" Mayte screamed.

"At least he's not going to eat him! Maybe we can do something to help."

The children followed Don Aparicio, watching his every move. His first stop was the tobacco stand. He put the bag down while he paid for a cigar, then he picked it up and left.

Mayte y Pepito lo siguieron con cuidado desde lejos. Pasaron el cine y vieron que don Aparicio entraba en el mercado.

—¡Va a vender al niño! —gritó Mayte.

—¡Por lo menos no se lo va a comer! A lo mejor podemos ayudarlo.

Los niños siguieron a don Aparicio, observando cada uno de sus movimientos. Su primera parada fue en el puesto de tabaco. Puso la bolsa en el suelo un momento mientras compraba un puro, luego la recogió y se fue.

Don Aparicio stopped a little further on and again laid the bag down. He pulled out some matches and started to light his cigar. This was the chance that Pepito and Mayte needed to save the child. They approached slowly, trying to look like they were minding their own business. When they had almost made it to the bag, Don Aparicio picked it up and kept on walking.

"We'll never get to him this way," Pepito said sadly.

"We need to distract him. I have a plan."

Don Aparicio se paró un poco más lejos y otra vez colocó la bolsa en el suelo. Sacó unos fósforos y encendió el puro. Ésta era la oportunidad que Pepito y Mayte esperaban para salvar al niño. Se acercaron despacito, disimulando. Cuando casi llegaban a la bolsa, don Aparicio volvió a recogerla y siguió caminando.

—Así nunca lo vamos a alcanzar —dijo Pepito tristemente.

—Tenemos que distraerlo. Tengo un plan.

Don Aparicio walked toward the butcher shop. The butcher was wearing a white apron with bloody stains. He stood behind the tall counter that displayed all the different kinds of meat that he sold. Don Aparicio stopped in front of his stand and untied the knot. He showed the butcher what was in the bag.

Don Aparicio caminó hacia la carnicería. El carnicero llevaba un delantal blanco con manchas de sangre. Estaba parado detrás de un mostrador alto que enseñaba todos los tipos de carne que vendía. Don Aparicio se detuvo frente al puesto y desató el nudo de la bolsa. Le enseñó al carnicero lo que había dentro.

At that moment, a storm of little red berries started to pelt Don Aparicio and the butcher. They both raised their arms to cover their faces. The bag dropped to the floor.

Pepito dashed up to them, grabbed the bag and ran. Mayte followed him, and pushed a pile of lemons to the ground to slow Don Aparicio down.

En ese momento, una lluvia de frutitas rojas empezó a golpear a don Aparicio y al carnicero. Levantaron los brazos para taparse las caras. La bolsa se cayó al suelo.

Pepito avanzó hacia ellos, tomó la bolsa y salió corriendo. Mayte lo siguió y tiró una montaña de limones al suelo para que don Aparicio tropezara y no los pudiera alcanzar.

"Stop! Thieves! Police!" Don Aparicio yelled out.

Mayte and Pepito tried to run out of the market, but someone caught them. It was Mr. Hernández, the policeman. "What's going on?" he asked.

"It's the Bogeyman," Mayte and Pepito answered. "He was about to sell this naughty child to the butcher, but we saved him."

Everyone's eyes went wide with surprise. Don Aparicio started to laugh for the first time ever! The policeman opened up the bag and out came a pair of chickens wildly flapping their wings.

—¡Deténganlos! ¡Pillos! ¡Policía! —gritó don Aparicio.

Mayte y Pepito trataron de salir del mercado pero alguien los detuvo. Era el señor Hernández, el policía. —¿Qué está pasando? —les preguntó.

—Ese señor es el Cuco —contestaron Mayte y Pepito—. Estaba a punto de vender a este niño malcriado al carnicero, pero nosotros lo salvamos.

Todo el mundo se quedó sorprendido. ¡Don Aparicio se empezó a reír por primera vez! El policía abrió la bolsa y salieron dos gallinas aleteando rápidamente.

"Don Aparicio, are you going to press charges against these two thieves?" asked the policeman.

"No, not today, I know where they live. I'll take them home."

Mayte and Pepito shivered with fear. They were going to become Bogeyman food. They walked silently behind Don Aparicio. When they arrived at Mayte's house, her mother asked what had happened.

Don Aparicio said, "Mayte and Pepito tried to follow me to say hello and got lost. When I come by this afternoon I'm going to give them a free popsicle to make them feel better."

Pepito and Mayte sighed with relief. Don Aparicio was a friend, after all.

—Don Aparicio, ¿va a denunciar a estos dos pillos? —preguntó el policía.

—No, hoy no, sé dónde viven. Yo los llevaré a sus casas.

Mayte y Pepito temblaron de miedo. Se iban a convertir en comida de Cuco. Caminaron en silencio detrás de don Aparicio. Cuando llegaron a la casa de Mayte, su mamá preguntó qué había pasado.

Don Aparicio dijo: —Mayte y Pepito me siguieron para saludarme y se perdieron. Cuando pase esta tarde les voy a regalar un helado para que se sientan mejor.

Pepito y Mayte suspiraron con alivio. Después de todo, don Aparicio era un amigo.

"But," they wondered, "if Don Aparicio is not the Bogeyman, then who is?"

—Pero —se preguntaron—, si don Aparicio no es el Cuco, entonces ¿quién será?

Ada Acosta González was born and raised in Puerto Rico. She has been a bilingual teacher in Wisconsin and Texas for over twenty years. Currently, she is working on other fun stories for children and doing translations. She is married to a great guy from Mexico, and they have three MexiRican children. *Mayte and the Bogeyman / Mayte y el Cuco* is González's first children's book.

Ada Acosta González nació y creció en Puerto Rico. Ha sido maestra bilingüe en Wisconsin y Texas por más de veinte años. En la actualidad, está escribiendo otros cuentos divertidos para niños y haciendo traducciones. Está casada con un mexicano maravilloso y tienen tres hijos mexirriqueños. *Mayte and the Bogeyman / Mayte y el Cuco* es el primer libro para niños de González.

Christina Rodriguez was born on a United States Air Force base in England. She spent her youth as a military "brat." She loves to draw and paint. In 2003 she graduated from the Rhode Island School of Design with a BFA in Illustration. Christina is now a freelance illustrator and she frequently teaches fine arts classes to enthusiasts of all ages. *Mayte and the Bogeyman / Mayte y el Cuco* is Rodriguez's first Piñata book.

Christina Rodriguez nació en Inglaterra en una base de las fuerzas aéreas de Estados Unidos. Pasó su niñez viviendo en distintos lugares y viajando mucho. Le fascina dibujar y pintar. En el 2003 se graduó de Rhode Island School of Design con un BFA en ilustración. Christina ahora trabaja como ilustradora independiente y a menudo dicta cursos de arte para personas de todas las edades. *Mayte and the Bogeyman / Mayte y el Cuco* es el primer libro Piñata de Rodriguez.